沒關係，沒關係

文、圖　伊東寬　　譯　黃雅妮

當ㄉㄤ我ㄨㄛˇ還ㄏㄞˊ是ㄕˋ個ㄍㄜˋ小ㄒㄧㄠˇ寶ㄅㄠˇ寶ㄅㄠˋ，

爺ㄧㄝˊ爺ㄧㄝˊ也ㄧㄝˇ還ㄏㄞˊ很ㄏㄣˇ健ㄐㄧㄢˋ康ㄎㄤ的ㄉㄜ˙時ㄕˊ候ㄏㄡˋ，

我和爺爺每天

都一起開心的散步。

雖然，我們只是在家裡附近
悠閒的散步。

卻好像到大海和遙遠的
高山上冒險一樣，好快樂。

不管是小草、大樹、

小石頭、高高的天空，

小蟲子、 小動物、

人， 還是車子，

有ㄧㄡˇ時ㄕˊ候ㄏㄡˋ，　就ㄐㄧㄡˋ連ㄌㄧㄢˊ正ㄓㄥˋ在ㄗㄞˋ搬ㄅㄢ運ㄩㄣˋ卵ㄌㄨㄢˇ的ㄉㄜ˙螞ㄇㄚˇ蟻ㄧˇ，
或ㄏㄨㄛˋ者ㄓㄜˇ鼻ㄅㄧˊ尖ㄐㄧㄢ受ㄕㄡˋ傷ㄕㄤ的ㄉㄜ˙貓ㄇㄠ咪ㄇㄧ，

爺爺都把牠們當成老朋友，
溫柔的和牠們說話。

當_{ㄉㄤ}我_{ㄨㄛ}和_{ㄏㄜ}爺_{ㄧㄝ}爺_{ㄧㄝ}手_{ㄕㄡ}牽_{ㄑㄧㄢ}著_{ㄓㄜ}手_{ㄕㄡ}，
小_{ㄒㄧㄠ}步_{ㄅㄨ}小_{ㄒㄧㄠ}步_{ㄅㄨ}的_{ㄉㄜ}走_{ㄗㄡ}著_{ㄓㄜ}，

我ㄨㄛˇ的ㄉㄜ˙世ㄕˋ界ㄐㄧㄝˋ就ㄐㄧㄡˋ好ㄏㄠˇ像ㄒㄧㄤˋ被ㄅㄟˋ施ㄕ了ㄌㄜ˙魔ㄇㄛˊ法ㄈㄚˇ，
變ㄅㄧㄢˋ得ㄉㄜ˙好ㄏㄠˇ寬ㄎㄨㄢ闊ㄎㄨㄛˋ。

可是ㄕ，當ㄉㄤ新ㄒㄧㄣ鮮ㄒㄧㄢ、有ㄧㄡ趣ㄑㄩ的ㄉㄜ事ㄕ情ㄑㄧㄥ越ㄩㄝ多ㄉㄨㄛ，

討厭和可怕的事也越來越多。

對面的小健，無緣無故打我。

愛裝模作樣的小美，
每次看到我就扮鬼臉。

小ㄒㄧㄠˇ狗ㄍㄡˇ露ㄌㄡˋ出ㄔㄨ牙ㄧㄚˊ齒ㄔˇ， 對ㄉㄨㄟˋ我ㄨㄛˇ汪ㄨㄤ汪ㄨㄤ叫ㄐㄧㄠˋ。

汽ㄑㄧˋ車ㄔㄜ嘎ㄍㄚ的ㄉㄜ一ㄧˋ聲ㄕㄥ衝ㄔㄨㄥ過ㄍㄨㄛˋ來ㄌㄞˊ。

我聽說，有時候飛機會從天上掉下來。

到處都飄散著可怕的細菌。

不管怎麼用功，　還是有好多字看不懂。

有時候我想，　我是不是會
一直這樣長不大。

爺爺每次都會安慰我。

他握著我的手，輕聲的對我說：
「沒關係，沒關係。」

「沒關係，沒關係。」

不用勉強和別人一起玩。

「沒關係，沒關係。」

很少會有車子和飛機撞上你。

「沒關係，沒關係。」

生病或是受傷，
多數都會自然好起來。

有時候就算不用嘴巴說，
也可以知道彼此的心意。

這個世界上，
不是只有不好的事情。

「沒關係，沒關係。」

爺爺總是這樣對我說。

不知不覺中，我和小健、小美
變成了好朋友。

而且我也沒有被小狗吃掉。

好幾次，我跌倒受傷了，
好幾次，我生病了，
但是後來全都好起來了。

我一次也沒有被車子撞到過，
飛機也從沒有掉到我的頭上。

我想，就算是很難的書，
總有一天，我一定會讀懂。

我想，我以後一定會遇到更多更多的人、
動物、小草和樹木。

我越長越大，
爺爺卻越來越老了。

這次換我了。

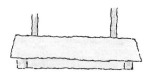

我握著爺爺的手，
不斷的說：

「沒關係，沒關係。」
沒關係喔，爺爺。

作者／繪者

伊東寬

一九五七年出生於日本東京。作品有：《從入口處打招呼》（日本兒童文藝家協會新人獎）、
《魯拉魯先生的庭院》（日本繪本獎）、《小猴子的一天》（路傍之石幼年文學獎）、
《猴子森林》（野間兒童文學獎）、《蜘蛛先生》（日本繪本讀者獎）、《貓咪的名字》等。

譯者

黃雅妮

東吳大學日文系畢。從事童書工作多年，沉浸在童書世界裡彷彿回到遙遠的兒時，
喜歡與小女兒一同在裡頭尋找互相依偎的線索。翻譯作品包含圖畫書、圖文書等，有：《人魚公主》、
《五味太郎的語言圖鑑2》（合譯）、《蠶豆哥哥和豌豆兄弟》、《不要朋友的長耳兔》、
《大野狼肚子餓日記》系列、《候鳥奶奶》等。

繪本 0087

沒關係，沒關係

作繪者｜伊東寬　譯者｜黃雅妮

掃一掃聽故事
國語版　臺語版

責任編輯｜周彥彤、李寧紜　美術設計｜蕭雅慧
行銷企劃｜陳詩茵
發行人｜殷允芃
創辦人兼執行長｜何琦瑜
總經理｜袁慧芬
副總經理｜林彥傑
副總監｜黃雅妮
版權專員｜何晨瑋、黃微真

出版者｜親子天下股份有限公司　地址｜台北市 104 建國北路一段 96 號 4 樓　電話｜（02）2509-2800　傳真｜（02）2509-2462
網址｜www.parenting.com.tw　讀者服務專線｜（02）2662-0332　週一～週五：09:00~17:30　讀者服務傳真｜（02）2662-6048
客服信箱｜bill@service.cw.com.tw　法律顧問｜台英國際商務法律事務所·羅明通律師
總經銷｜大和圖書有限公司 電話：（02）8990-2588

出版日期｜ 2012 年 3 月第一版第一次印行
　　　　　 2020 年 8 月第二版第一次印行
定價｜ 300 元　書號｜ BKKP0254P　ISBN｜ 978-957-503-631-7（精裝）

訂購服務

親子天下 Shopping｜ shopping.parenting.com.tw　海外·大量訂購｜ parenting@service.cw.com.tw
書香花園｜台北市建國北路二段 6 巷 11 號　電話（02）2506-1635　劃撥帳號｜ 50331356 親子天下股份有限公司

立即購買 >